The Wheels on the Bus

go round and round

Kate Toms

make
believe
ideas

The **wheels** on the bus go round and round, round and round, round and round.

The **wheels** on the bus go round and round, all day long!

go round and round

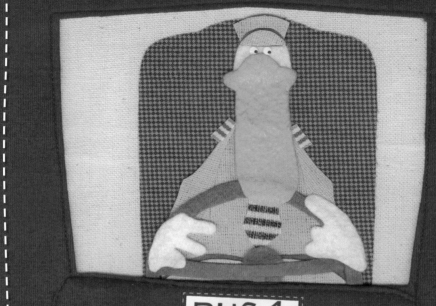

BUS 1

The **driver** on the bus says,
All aboard,
all aboard,
all aboard.

The **driver** on the bus says,
All aboard,
all day long!

The babies on the bus go

wah, wah, wah,

wah, wah, wah,

wah, wah, wah!

The babies on the bus go

wah, wah, wah,

all day long!

go round and round

The **grandpas** on the bus say,

What's that noise?

What's that noise?

What's that noise?

The **grandpas** on the bus say,

What's that noise?

all day long!

go round and round

The **horn** on the bus goes

beep, beep, beep,

beep, beep, beep,

beep, beep, beep.

The **horn** on the bus goes

beep, beep, beep,

all day long!

beep

beep, beep

beeeeeep

beep, beep

The **mothers** on the bus go
cluck, cluck, cluck,
cluck, cluck, cluck,
cluck, cluck, cluck.
The **mothers** on the bus go
cluck, cluck, cluck,
all day long!

go round and round

The **children** on the bus jump
up and down,
up and down,
up and down.

The **children** on the bus jump
up and down,
all day long!

go round and round

LIBRARY

SCHOOL

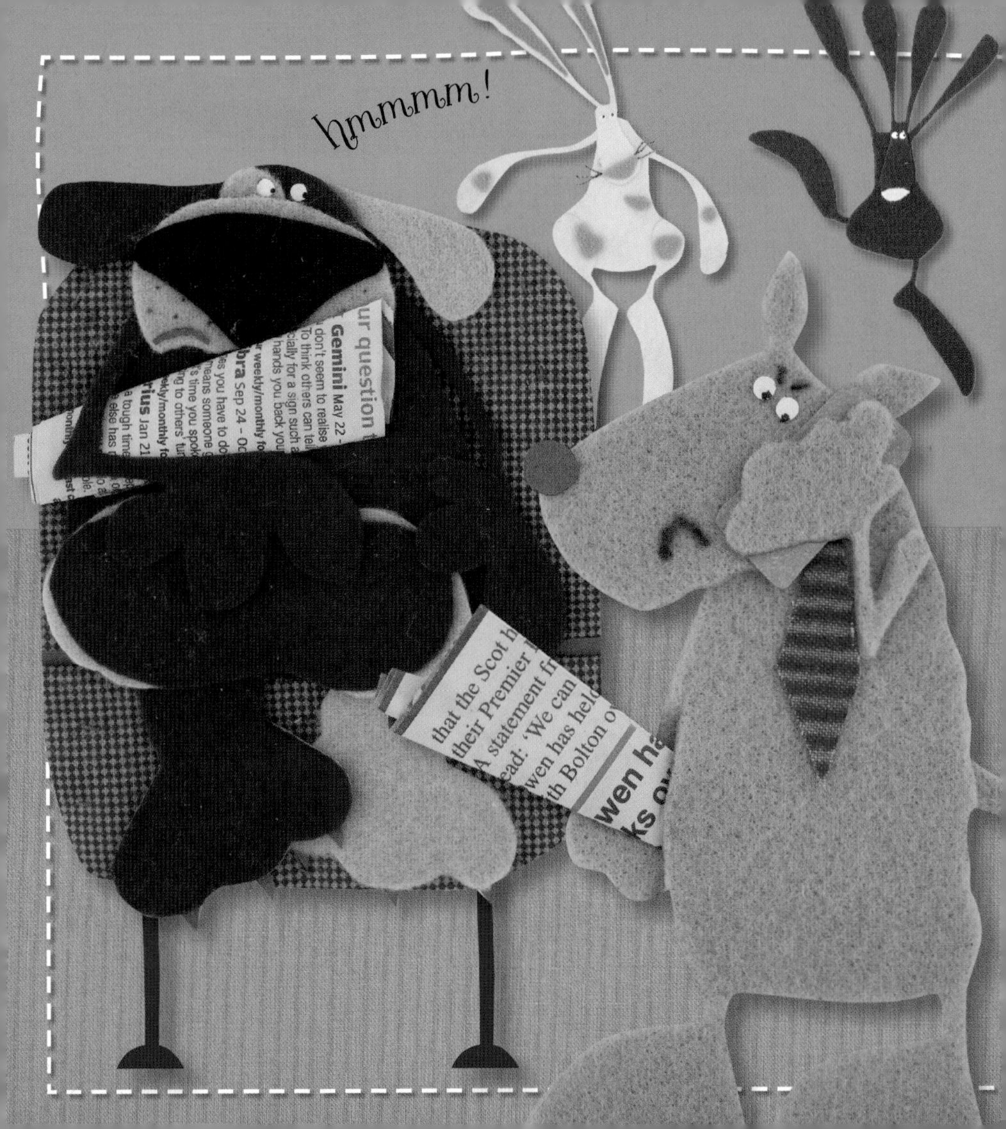
hmmmm!

The fathers on the bus say,
Please sit still!
Please sit still!
Please sit still!

The fathers on the bus say,
Please sit still!
all day long!

go round and round

The **boys** on the bus just horse around, horse around, horse around.

The **boys** on the bus just horse around, all day long!

LAUNDERETTE

go round and round

can you do this?

The **bell** on the bus goes

ding, ding, ding,

ding, ding, ding,

ding, ding, ding.

STOP

The **bell** on the bus goes

ding, ding, ding,

all day long!

go round and round

The **grandmas** on the bus go
Knit, Knit, Knit,
Knit, Knit, Knit,
Knit, Knit, Knit.
The **grandmas** on the bus go
Knit, Knit, Knit,
all day long!

go round and round

Nice scarf, Doris

go round and round